नाइट होस्ट

HAFFIZA

सुमीत कुमार

Copyright © Sumeet Kumar
All Rights Reserved.

सुमीत कुमार

सुमीत कुमार, एक वयस्क जो जीवन के कई चरणों का अनुभव करता है, एक प्रसिद्ध लेखक और नए युग के लेखक हैं। वास्तव में वह एक लेखक होने के साथ-साथ गायक, कवि, शायर, उद्धरण लेखक, गीत लेखक और एक कलाकार भी हैं। एंकर या स्टैंडअप कॉमेडियन। उनके बारे में बहुत ही रोचक और दिलचस्प तथ्य यह है कि वे नए युग के लेखक हैं यानी उन्होंने अपने लेखन की यात्रा उस उम्र में शुरू की जब वह अध्ययन करने के लिए स्कूलों जा रहे थे। उनकी 100 पुस्तकों की स्ट्रीक महान होगी भविष्य में उनके लिए उपलब्धि, उनकी कुछ

प्रसिद्ध रचनाएँ यानी प्रेम की परिपक्वता (शैली _प्रेम) स्वप्न की गोपनीयता (शैली-मध्य वर्ग की जीवन शैली)।

आप नोटियन प्रेस, अबे बुक्स, इम्युजिक इन, फ्लिपकार्ट, एमेजॉन, किंडल, इंस्टेंट रीड लाइक ईबुक, किंडल, गूगल, इंटरनेशनल साइट्स और कई अन्य से भी उनकी किताब खरीद सकते हैं।

स्पॉटिफ़ पर पॉडकास्ट: @ ब्रोकन हार्ट

इंस्टा आईडी: बुकहब92

जीमेल: सुमितकुमार 88234

लिंक्डइन: सुमीत कुमार

क्रम-सूची

प्रस्तावना

हम जिश जिंदगी को जी रहे हैं अब वो शायद उतनी महफूज लगती नहीं, क्योंकि जब हम किशी आइश इंसान से मिलते हैं,जो भले ही अजनबी है पर अपने उनसे में अपना सा लगता है,पर क्या वो सच में अपना है ये कोई अजीब है हकीकत में ज़िंदगी एक तरफ़ा जी लो बेहतर पर किशी के साथ जीने की गुस्ताकी हमेशा कबर की इच्छा ही देती है,पर उस कबर की भी एक ख़ासियत है की उससे में भले ही एक बार आति हमे है पर उसकी बाहे हम हर रोज तड़पाती है।

सुमीत कुमार

भूमिका

सुमीत कुमार

सुमीत कुमार, एक वयस्क जो जीवन के कई चरणों का अनुभव करता है, एक प्रसिद्ध लेखक और नए युग के लेखक हैं। वास्तव में वह एक लेखक होने के साथ-साथ गायक, कवि, शायर, उद्धरण लेखक, गीत लेखक और एक कलाकार भी हैं। एंकर या स्टैंडअप कॉमेडियन। उनके बारे में बहुत ही रोचक और दिलचस्प तथ्य यह है कि वे नए युग के लेखक हैं यानी उन्होंने अपने लेखन की यात्रा उस उम्र में शुरू की जब वह अध्ययन करने के लिए स्कूलों जा रहे थे। उनकी 100 पुस्तकों की स्ट्रीक महान होगी भविष्य में उनके लिए उपलब्धि, उनकी कुछ प्रसिद्ध रचनाएँ यानी प्रेम की परिपक्वता (शैली _प्रेम) स्वप्न की गोपनीयता

(शैली-मध्य वर्ग की जीवन शैली)।

आप नोटियन प्रेस, अबे बुक्स, इम्युजिक इन, फ्लिपकार्ट, एमेजॉन, किंडल, इंस्टेंट रीड लाइक ईबुक, किंडल, गूगल, इंटरनेशनल साइट्स और कई अन्य से भी उनकी किताब खरीद सकते हैं।

स्पॉटिफ़ पर पॉडकास्ट: @ ब्रोकन हार्ट

इंस्टा आईडी: बुकहब92

जीमेल: सुमितकुमार 88234

लिंक्डइन: सुमीत कुमार

पावती (स्वीकृति)

सुमीत कुमार

सुमीत कुमार, एक वयस्क जो जीवन के कई चरणों का अनुभव करता है, एक प्रसिद्ध लेखक और नए युग के लेखक हैं। वास्तव में वह एक लेखक होने के साथ-साथ गायक, कवि, शायर, उद्धरण लेखक, गीत लेखक और एक कलाकार भी हैं। एंकर या स्टैंडअप कॉमेडियन। उनके बारे में बहुत ही रोचक और दिलचस्प तथ्य यह है कि वे नए युग के लेखक हैं यानी उन्होंने अपने लेखन की यात्रा उस उम्र में शुरू की जब वह अध्ययन करने के लिए स्कूलों जा रहे थे। उनकी 100 पुस्तकों की स्ट्रीक महान होगी भविष्य में उनके लिए उपलब्धि, उनकी कुछ प्रसिद्ध रचनाएँ यानी प्रेम की परिपक्वता (शैली _प्रेम) स्वप्न की गोपनीयता

(शैली-मध्य वर्ग की जीवन शैली)।

आप नोटियन प्रेस, अबे बुक्स, इम्युजिक इन, फ्लिपकार्ट, एमेजॉन, किंडल, इंस्टेंट रीड लाइक ईबुक, किंडल, गूगल, इंटरनेशनल साइट्स और कई अन्य से भी उनकी किताब खरीद सकते हैं।

स्पॉटिफ़ पर पॉडकास्ट: @ ब्रोकन हार्ट

इंस्टा आईडी: बुकहब92

जीमेल: सुमितकुमार 88234

लिंक्डइन: सुमीत कुमार

1

असहजता

जिंदगी वो आयाना है जिसके लिए सूरत कभी साफ नहीं होती है, अगर गल्ती से हो भी जाए तो उसमें फिरत कभी साफ नहीं होती, ये वो साक्षी है जिसी खविशा हम तब करते हैं जब मोहब्बत किशी में। अपने परिवार के बंधन में, वक्त के साथ तो अपनी खुशी भी हम में मोर लेति है तो दुनिया में इंसान तो मातृ एक ज़रिया है आपको उस दर्द का अहसास दिलाने के लिए, मैं अगर यहां हूं तो यह है तो नहीं की आप अपनी पूरी जिंदगी उस साक्षी के नाम कर दो और आप सब कुछ छोड़ कर मार उसे खुशी के पीछे लग जाओ, क्योंकि अगर उश साक्षी को भी आप उतनी ही मोहब्बत होगी तो अभी भी यह कभी खुद से डर रहेगा की कहीं मेरी वजाह से मेरी मोहब्बत को तकलीफ न हो, जिंदगी भर के लिए साथ निभाना और जुड़े वादे करना, मैं तुम्हारे बिना जी नहीं शक्ति और मैं हूं थे, वो सादिया न भी चली गई और वो इंसान भी जो ये बातें किया करते थे, आज कल लोग एक दसरे के लिए कसमे वादे खाते है की मैं तुम्हारे जाने के बाद दुनिया में क्या करूंगा ये में तुम्हारे बिना ईश दुनिया में जी नहीं सकता? ये सब बातें आज तक मुझे समाज में नहीं आती की आजकल की मोहब्बत में ये बातें होती हैं ही क्यों है जब लोग आशनी से अपनी जिंदगी में आगे बढ़ते हैं और दुसरे को उसमें भी जाते हैं, भी बड़े कहते हैं की बात है तो आप कभी किशी और साक्षी को अपनी जिंदगी का हिसा मत बनाना क्यों क्योंकि ऊपरवाले ने लोग कफी चुन कर दिया है वो भी रिश्ते निभाने

के लिए तो खुद को तकलीफे ही क्यों? मैंने और के लिए जुथे वादे और कसम ही क्यों निभाना जब वो साक्षी सेह मिल ही शक्ति है, मोहब्बत की ख्वाइश हमशा किस्मत से बड़ी होती है ना की आप में कुछ से और दिल टूट आशिक पारे है, हर एक महफिल में कोई ना कोई देवदास और पारो ये चंद्रमुखी आपको दिखी गी ही, पता नहीं लोग मोहब्बत कर कैसे लेते हैं वो भी कभी ऐसा ही मिले तो कभी है साक्षी से बातें करते हैं और न ही एक दसरे से कभी असलियत में वकिफ हो खातिर है? प्रति अगर मोहब्बत अपने से ही होते हैं तो जिंदगी में दर्द नाम की खूबसूरत तस्वीर जो हमारी बरबादी बैंकर सामने आती है हम उससे कभी वक्फ हो नहीं पाते,,ना ही उसे दो पल की मुलकत न ही को सिकबा होता है भारी महफिल में अपने आस्युं को गवाने का, और नी कभी किशी को हम अपनी नफरत की वजह माने।

"

ना ही

किशी

सफर का

मुशाफिर हुण

ना ही

कोई बजर

मैं

बश खुद

की राहे

चुन्ता

हुन

मैं और

बन जाटा

हुन

एक सहारा

मैं।

"

दुनिया में बातें उतनी ही सीधी होती है, हलत उतने ही खराब और नजुक होते हैं वो भी एक कांच की तरह जो एक छोटे से डबब से भी टूट जाते हैं, मतलब दुनिया को आज इंसान ने भी इसे में बड़ी आशानी से खेल जाते हैं, जिन्हें उन जिंदा रखा है, उनकी रूह को मजबूर किया गया वो भी अपने महफूज में, विज्ञान का तो पता नहीं पर असलियत में कहु तो दिल की फिरत में फिर कभी किशी के बाद पहले भी ये बातें कहीं कर के चूका है ऐश हलतो को पर हर बार की फिरत एक साक्षी की वही है, क्योंकि वो कहते हैं ना।

वक्त हलात
सब बदल
चुके है
प्रति उश
बेवफा
कि
फ़िदरत ब
भी वही है |

अगर कोई साक्षी आपसे दूर जाने की कोशिश करता है तो इसका मतलब ये नहीं की वो आपके भले के लिए ये सब कर रहा है, इसका साफ मतलब ये है कि आब वो आपके साथ रहना, क्या कुछ नहीं जानता और उसकी शिद्दत, तमना आप पूरी हो चुकी है, कहते हैं न इंसान की फिरत होती है किशी चीज को इस्माल कर के फेक देना बिलकुल कचरे की तरह, तो फिर कहीं का दो पल की जिंदगी दे?यही है तो दुनिया में कोई भी साक्षी अपनी पहली मोहब्बत कभी नहीं भुलता, प्रति समाज की बातें कोशिश बहुत करता है। देगी इश्ली उसे मार्ग की रिवायत ही सौप दी जाती है।

हर एक साक्षी ये खोमोशा है, हर के साक्षी के पास एक अलग ही तारिके की तनहाई छुपी है, और वो हर दिन किशी ना किशी हलत से

लद्दा ही है, पर जब उसे भी कुछ कुछ है पूरी नगरी लगती है वो भी एक सवेरे की, जिंदगी में हम कभी भी किशिश की जरूरत नहीं होती है, उसे जगाह एक आइश इंसान की सच्ची चाय के लिए हम भरोशा कर भी बताती हैं। केह खातिर, रास्ते तो के मिले हैं एक मंजिल के करीब जाने के लिए पर इस्का मैटलैब ये तो नहीं की हम हर एक रास्ते के मुशफिर बन जाए क्योंकि जिस्म तो के ही न तो फिर मंजिल की सोच दो वक्त में और मोहब्बत आजकल दो एक ही चीज है अगर सही तारेक से अगर हम ईश देखे तो क्यों इसलिए भी सब से अलग होती है और मोहब्बत की सोच भी सबसे अलग ही है।

में जिश साक्षी की कहानी आज सब को बताने वाला हूं वो एक आम इंसान है, और उसकी जिंदगी भी बिलकुल एक आम ही इंसान की तरह ही बीट भी रही है, पर जो उसे खोया है क्या में, क्यों खोया है के दर्द से तो वक्फ नहीं हूं, प्रति है इतना जरूर जनता हूं की जिसे आप अपना सब कुछ माने हो अगर वो साक्षी आपको किशी और के लिए छोड कर चला जाए तो जीने की फिर जरूरत भी है वही इंसान की फ़िदरत बिलकुल उस खोकले दिमाग की तरह हो जाति है जिसे कोई भी डबरा इस्तमाल नहीं कर सकता है अपनी ज़िंदगी में, हलत कभी भी एक साक्षी की मजबूरी नहीं बता सकता तो इसलिए जी इसलिए है, क्योंकि अगर आप किशी को अपनी खुशी मंटे है तो वो आपको तब भी दर्द, प्रति अगर आप अपने दर्द की वजह माने है कुछ वक्त के लिए,

हो सकता है की में गलत हो सकता है ये मेरी बातें भी कफी हद तक गलत हो सकता है पर मेरी फिरत आज भी उसी सचाई को आप सब के सामने दिख रहा है जो मैंने अपने खाते में है। तो हर के साक्षी वाइफ है दुनिया में ना ही ये किशी की मुलजिम है चांद पैशो की वजह से अपने इमान की दूर किशी और को दे, अगर जिंदगी में किशी के सहेरे की तब भी कभी कभी लगा र आइश चीज है जो बरबादी के बेहद करीब है, वक्त की तार भरोसा भी वही गली की पहचान है जहां लोग एक दसरे की फिरा से मोहब्बत कर बैठा थे एक दुसरे को अपनी यहां एक जाना है। के जते है तो उनकी यादें हम एक बेचान हमदम की तरह हर रोज एक नए दर्द की राह दिखती है, पहले की मोहब्बत और आज की मोहब्बत में इतना

अंतर ज्यादा की न्यूटन और हीरोदोतुस की, दोनो के लिए सोच दुनिया की जहान आज भी जिंदा है, हम आज भी उनकी बातें करते हैं, और आज भी कहीं न ये बातें किशी और समझौता भी है।

उस वक्त भी वो इतना ही दर्द दूंगा।

जब महफिल खामोश हो ना तो दिल लगाने की गलती कभी नहीं करनी चाहिए, वर्ना उसकी शद्दत में उसे तन्हाई में आप कभी भी बरबाद हो सकता है, खुद को खो सकता है, वह उसे हर एक देवारो में होगा है के तो कुछ रख वो भी संसां जिश अपनो ने ही जलया होगा, कौन कहता है में जिंदगी में हर एक इंसान का दर्द दसरे इंसान की तरह नहीं होता, जब इंसान एक है बगवां एक है तो यह एक है। सकते हैं, मुलजिम ये कभी बातें सच ही नहीं हो सकती हैं, एक ही कौम में रहकर दर्द की तालीम दो उससे बात दी जाए।

हम जब किशी इंसान को अपनी आदत बनाते हैं तो हम एक चीज से कभी वक्फ नहीं होते, और वो ये है कि हमें पता नहीं रहता कि उस वक्त की हमने जिसे चुना है वो भी बता हर एक है क्या कोई और मेरी तरह होगी दुनिया में बन पाएगा

लम्हेर, बातें, ये तक की तबुस्सम की रातें सब मित जाति एक मोहब्बत पाने के लिए हम इश कादर बिकर्ने लगता है की हमारी सोच भी उस वक्त किशी पागल पान की पहचान बन जाती है। वहां रुकी होती है उस वक्त बिलकुल एक माशुका की तरह, अगर जिंदगी किशी के बारे में सोच कर ही निकलनी है तो जीने की शिद्दत को उस वक्त कब मरत सविता कर देना चाइए, क्योंकि मैं भारी हूं।

"

आज
इतना महरूम
कर दीया
है तुम्हारी
यादें

पूर्वोत्तर

की दो

दोस्त

कि

खुशी भी

अब

दिलाती

मार्ग कि

याद

दिलती है।"

काफ़ी छोटी कहानी है पर ईश कहानी की हर एक सचाई इतनी लंबी है जिसे जाने के लिए लोगे, अपनी फ़िदरत बदलनी परेगी, डर जाना होगा खुद से, खुद की एक नाफरों से वजूद को धूला होगा की कभी वो आपसे डर गई ही न हो, बश आपके करीब आप ही पास सीमा कर रह जाए, जब इंसान की मौत होती है और उसे वक्त जब हमारे सामने को पता है एक साक्षी ही नहीं होती बाल्की उसकी यादें, यही उसके फिरत, सच्चा, बेवफाई, रहमत, शिद्दत इनायत और भी क्या है जिन्की मौत उस एक इंसान के साथ होती है, और सब को ये लगता है कि एक रिश्ता ही तो टूट गया है तो गई हमसे डर, और था ही क्या, लम्हे भले अपनी खैरत भूल जाते हैं जीने की प्रति इंसान की यादें हमा उन्हे याद रखती है, बिलकुल एक सच्चा की तरह।

जब एक साक्षी रिश्ते को निभा नहीं सकता तो बना ही क्यों है, क्या मजबूर होती है कि उस सब कुछ एक दिखवा लगता है, दुनिया हर दिन रसीहते बनते भी हैं और टूटे भी हैं बन कर बिगर भी जाते हैं, तो क्या फेंका रिश्ते का, क्या फेंका उस मोहब्बत का उस इरादे का जो हम किशी और की बाहोन से जोड़ कर रखता है, मैंने अपने हर एक उससे ज्यादा प्यार किया है मुझसे इसे कभी तकलीफ नहीं होती, क्यों कहते हैं अपने दर्द को आप जितना जान लो उतना ही आपके लिए भी तुम्हारा जो

आपके साथ है, उसके लिए भी तब भयावह है, क्योंकि हम किसी में तबाह है उन्हे भी तबाह कर देती है।

"अब

दुबारा

मैट पुचना

की तुम्हारी

महफिल

मैं

तुम्हारी महफिल

में हम

लाए क्यों गए..........
"

"क्योंकी सावाल

तो आज

भी यही है

की हमने

तुम्हारी महफिल

कदम ही क्यूं

रक्खा

जाहा पहले से

ही दर्द कि

दीवारे हमारा

इंतैज़ार

कर रही थी।"

2

फन्ना

〜〜〜

वक्त की अदालत से जुर्म कबूल हो काहे ना हो पर जुर्म की फिदरत हर कोई करता है, जिंदगी जब कोई नई मूर ले ना तो इसका मतलब ये नहीं होता की वो आपको बेहतर भविष्य दिखी, है देखा होगा बुरे भी बराबर की होती है, जुर्म कभी भी कोई एक साक्षी नहीं कर्ता बाल्की पूरी कौम और उश कौम को हम किस्मत कहते हैं। और मेरी किस्मत उस दिन पूरी तरह से बरबाद हो चुकी थी जिश दिन में पहली बार उससे मिला था, मैंने पहले ही बता दिया कि मुझे किताब पढ़ने की आदत थी, इशलिय जिश दिन में उपन्यास छिपा हुआ कैफे दीना में गया था, प्रति केई डेर बाद उसश का इंतजार करते करते में ये भूल चूका था की मैंने वो किताब उसी ठिकाने कैफे में ही छोड़ दी थी, वो भी काई डेर उसका इंतजार था में गया था बाद में कुछ हादसे आए भी होते हैं जिन्हे हम कभी भुलना ही नहीं चाहते और अगर गल्ती से भूलना भी कहते हैं तो हम उस कभी भूल नहीं पाते, मेरी और पूर्णा की याद भी कुछ कुछ ऐसा ही था वो भी क्योंकि उम्मेद कुछ देख ही नहीं रही थी उसे पाने की पर मुझे क्या पता की जब में अपनी उम्मेद हर जाएगा, तब मेरी किस्मत उस दुबारे मेरे कदमो में लाकर रख देगी। दी गई बात नहीं थी कि उस वक्त वो मुझे नहीं देख रही थी, उसे भी मुझे उतना ही देखा जितना मैंने उस वक्त वक्त देखा था, उस पर उस वक्त कुछ जाहिर नहीं किया पर मैंने तो सारे में भारी मेहफिल था की अब बश भी करी और नहीं रहा जटा तुम्हारे बिना, तुम

ही वो लड़की जिसके साथ में पूरी जिंदगी बिटना कहता हूं, पर उस वक्त ये सारी बातें एक कल्पना ही थी, प्रति वो कहते हैं अगर मजबूत को भी ये खबर हो ही जाती है कोई है जो मुझसे सबसे बेहतर जनता है, मुझसे मोहब्बत करता है, मुझे इतना चाहता है की वो अपनी पूरी दुनिया मेरे लिए सच, सयात भी बहुत कुछ है सच में अपना सब कुछ लुटा दिया तो वो साक्षी अपनी सच्ची मोहब्बत के लिए क्या नहीं करता? उस दिन जब मैंने गल्ती से अपनी इताबे वह छोड़ दी थी, तब वह पूर्ण उस वक्त मौजूद थी, उसे मुझसे मिलते हुए देखा था, प्रति वो कहते हैं कि उस वक्त किशी का इंतजार कर रही, कुछ नहीं उसे भी जब में कैफे से अपने घर आ गया तब मुझे अहसास हुआ की मैंने तो अपनी किताब वह छोड़ दी है। पहले थे उस वक्त में सोच में पर गया की ये हुआ क्या है? क्या हो रहा है?वो ईश कदर मेरे घर क्यों आई है?कहीं उसे देख तो नहीं लिया? और अगर देख भी लिया तो उसे मेरे घर का पता कैसे चला, वो ये कैसी आ गई जब वो मुझे जनता ही नहीं है, कहीं उसे शक नहीं हो गया की मैं उस कैफे में देख रहा था वो भी पर आगर डर देख रहा था तो इसके लिए तो वो मेरे घर नहीं आएगी? और इसमे जुर्म ही क्या है जो वो मेरे घर आई हुई है। प्रति सच कहू भरोसा हो ही नहीं रहा था, क्योंकि जसिह को मैं अपनी जिंदगी मान गया था कुछ पल के लिए वो मेरे आंखें के सामने थी, और उसके साथ कोई और था भी नहीं, बल्कि बग्घी पर कोई और था भी नहीं की में तो उन साथ जन्मों के लिए भी नहीं भूल जाना था, सावल तो के थे उस दिन पर खुश भी इतना था की में उसे बश देखा ही रे गया, देखते ही रह गया।

"बातचीत
पूर्णाः ओह हेलो मिस्टर क्या ये घर हर्ष शेखर का है!
हर्षः अभी तक कल्पना में ही हूं!
पूर्णा : अरे हेलो ! में आप ही पुच रही हूं क्या ये घर हर्ष शेखर का है।
हर्षा : हा हा ! में ही हर्षा आप ये कैसे?
पूर्णा : आप मुझे जनता हो?

हर्ष: नहीं में तो बश ये कह रहा है कि मैं ही हर्षा हूं क्या
काम है आपको मुझसे!

पूर्णा: वो आपने अपनी किताब छोड़ दी थी, तो मैंने देख
लिया था इशली में आप को ईश देने आ गई, वो कहते हैं न
अपनी मोहब्बत और इल्म अगर दसरे के हाथों में वो बार
जाए तो।

हर्ष : प्रति आपको मेरे नाम कैसे पता ? मैटलैब मेरे घर
का पता आपको किसने दिया।

पूर्णा: आपकी किताब में ही आपके बारे में सब कुछ
लिखा हुआ आपके बारे में।

हर्षा: !!!

हर्ष: थैंक्यू सो मच ये देने के लिए ये मेरी सबसे पसंददा
किताबो में से एक है।

पूर्णा : स्वागत है।

हर्षा : आप कुछ लिजिये गा चाय ये कॉफी ? अपने मेरी
इतनी मदद की कृपया आप मेरे साथ काम से काम एक
कॉफी तो पी ही शक्ति है।

पूर्णा: माफ किजियेगा न में आपको जनता हूं और न ही
आप मुझे जनता हो, और मुझे कफी देर हो गई होगी इशली
मुझे जाना होगा।

हर्षा : में आपको छोड़ दूं कहीं!

पूर्णा : नहीं मेरी खुद की कार है तो सुक्रिया!

कहते हैं जब किशी चीज की तमना खुद से भी ज्यादा करो
तो आपके हाथों में महफूज नहीं रहती, तो मेरे हाथों में मेरी
मोहब्बत कैसी महफूज रहती है, न ही कोई पता था जो कि
मोहब्बत का कोई हिरदा है कब मिलेगी उससे, कहता तो
वह उस वक्त रोक सकता था, प्रति सयाद इज्जत नहीं थी
उस वक्त उस खुदा की फिर मुलकत हो, प्रति कहते हैं ना

अगर मोहब्बत सची हो तो वो अंदर में मिलाकर कितनी भी लंबी क्यूं ना हो, गुजराती तो थी एन आंखों की वो मासूम सा कहरा फिर से दीखे पर इतनी जल्दी देखेंगे ये कभी उम्मेद नहीं की थी मैंने, उसके आगे ही दिन हम फिर मिले पर ईश बार; अलग थी और खुशी मुझे तो बहुत थी, वैसा ही बताता है कि हम फिर दुबारा मिले कहा, अच्छा आप से कोई बताता है हम कहां मिले होंगे? आप सब भी ये सोच रहे हैं ना की हम क्या पता की तुम दोनो कहा मिले? खैर में ही बताता हूं हम फिर वही मिले जहां मैंने उसे पहली बार देखा था, मतलाबा ठिकाने कैफे में ही, मुझे पता था दिन आती है, और मुझे एक बात और नहीं पता था की वो उस कैफे की मालिक है, और ये बातें मुझे तब पता चली जब उसका नाम किशी ने वह पुकारा मैटलैब उसी कैफे के एक वेटर ने।
वेटर: पूर्णा मैम आपके लिए कुछ लेउं।
पूर्णा: नहीं में ठीक हूं तुम जाओ।"

"वेटर: ओके मैम!
जब मैंने उश वेटेरे से पुचा की आप उनका नाम कैसे जानते हो जो की कुछ वक्त पहले मुझे भी पता तब उसने कहा की सर ये हमारे कैफे की मलिक है, मतलब में था जिश मोहल्ले में रोज दिया जिश मेरे हमदम की है, माफ कीजेगा वो थोड़ी फिल्मी बातें ज्यादा ही हो गई।
इन सब के बाद में तो उसे देख ही रहा था पर वहां डर में उसे भी मुझे देख लिया, और उसे मैंने अपने पास बुलाया, उस वक्त आयशा महसूश हो रहा था की बश यही तो है मेरी जिंदगी में क्या है मेरे ऊपर से सब कुछ मिल गया था, अब उसे किशी चीज की तलाश नहीं है, मैं जिसे चाहता हूं, बुला रहा हूं, हम लड़के बड़े अजीब होते हैं, क्योंकि हम मोहब्बत तो निभानी है। कभी समाज नहीं आटा, और लड़के ही कुछ लड़कियों भी ऐसी ही होती है।

एन सब के बाद न मैंने कुछ आगे देखा न पीछे बश उसके पास चला गया, और जब में वह गया तो आपको पता है उसे मुझसे क्या कहा? तुम मुझसे शादी करोगे?

मैटलैब इसके आगे मेरी सांसियों पूरी थाम शि गई थी, मतलब कुछ समा ही नहीं आ रहा था, अगर कोई खूबसूरत और मेहंदी चीज आपको इतनी आशनी से मि जाएगी तो आप भी कुछ वक्त के लिए कुछ नहीं तो मैं कुछ कुछ जरूर करूंगा। है, पर वह सिर्फ दाल ही काली नहीं मेरे भविष्य भी खतरे में था, उस वक्त मेरी आवाज तक नहीं निकला राही अब मेरी बगीचा ऊपर नीचे हो रही थी जब वो बार बार मुझसे पूछकर खड़ी थी? एक आइशी जनता में चल गया था जहां हमारी शादी पहली ही हो चुकी थी, मेरा कहने का मतलब है में उस वक्त बहोश हो चुका था, और मेरे होश आते ही उसे बोला की तुम ठीक हो तो तुम ही कुछ|
में तुमसे ही पुछ रही हूं तुम ठीक हो?

बातचीत

हर्ष : हा में ठीक हूं !

पूर्णा : तो तुमने क्या सोचा है हमारी शादी के बारे में?

हर्षाः !!!!

पूर्णाः हर्ष क्या सोचा है बोलो भी!

हरे हर्षः मतलब सच में तुम्हें ही शादी करनी है, क्योंकि मुझे विश्वास बिलकु नहीं हो रहा की ये बातें तुम मेरे आंखें के सामने कह रही हो, और हम तो कुछ वक्त मिले हैं, और हम तो कुछ वक्त मिले हैं तो तुम्हारे बारे में कुछ जनता हुं ना तुम मेरे कुछ कुछ जनता हो! फिर कसीह होगी शादी वो भी हमारी।

पूर्णाः लोग जब औरंगे शादी करते हैं तो क्या वो एक दसरे को जनता है नहीं ना! अगर में तुम्हारे प्यार में न गिरती और तुम मुझे देखने आते वो भी औरंगे शादी के लिए तो

क्या तुम मुझसे शादी नहीं करते!

हर्षः में क्या प[उर्री दुनिया इसके लिए तयार हो जाति
(कल्पना में)
पूर्णाः बोलो भी करते ये नहीं!
हर्षा : हा हा ! क्यूं नहीं करता, प्रति मुझे अपना मा पापा से बात करनी होगी में उनके बिना ये नहीं कर सकता।
पूर्णा : ठीक है।
मैटलैब इतनी जलिद क्यूं ? इतनी जल्दी कैसे मिल गई वो मुझे? मैटलैब ये तो वैशी बात हो गई की रात को मुराद मांगी और दिन में चांद ने तौफा दे दिया। इसमें कहता था की वो में उसके साथ पूरी जिंदगी बिटायूं प्रति इतनी जल्दी नहीं सोचा था, की वो मुझे मिल भी में डर भी।
उसके अगले ही दिन चीनाई में एक बहुत बड़ा धमाका हूं जो की अतंकवादियो ने किया था, बहुत मासूम लोगे की मौत हो गई, के लोग अपने घर से पाप बघर हो गए, और ईश धमाके में मैंने और भी पूर्णा को भी।
आयशा मुझे लग रहा था पर पूर्णा मारी नहीं थी और न ही मेरे मां और पापा की मौत हुई थी? और हो क्या रहा है मेरी जिंदगी में कुछ दिन पहले ही खुशी तो मिला और मा के सेहरे पर वो मुस्कान देखी थी और पापा की धर सारी बातें सुनी थी, पर की वो पुलिस ने सच में अब मेरे साथ क्यों नहीं की पहचान के लिए बुलाया तो उन अपने में मेरे मा और पापा नहीं थे, मैं उस वक्त खुद को कसीह संभल रहा था में खुद नहीं जनता था, और पूरा का फोन भी पहुंच से बाहर आ भी रहा था वो शादी ?
अगर मेरे मां और पापा जिंदा है तो वो है कहा, और पूर्णा कहा है?
बहुत सारे सावलो ने उस वक्त मेरे मन को घेर रखा था, मुझे पता ही नहीं था कि मैं बहुत करू क्या? अपने मा और

पापा को ढुंढो जिसे मुझे जिंदगी दी है और मुझे हर एक चीज दी है, और मुझे सबसे ज्यादा ईश दुनिया में प्यार किया है, ये पता हुए भी में उनका अपना बेटा नहीं है? ये मोहब्बत को जिसके साथ मुझे मेरी पूरी जिंदगी बिटनी है?
"

"

कायर सेह
हो गए
है ख़्वाब
मेरे आब
पहले
जैशे
मुझ में
कोई बात नहीं
परवाज़ कि
उम्मेद
तो कर्ता
हुन
प्रति
उड़ान
की
अब
कोई खैरात
नहीं."

3

समाप्त होने की चमक

एक वक्त आता है सबकी जिंदगी में जब वो खुद जाने की बात छोड़ देता है और खुद को किशी और के नाम कर देता है, उस वक्त पर उनको भी पता नहीं रहता की जिसे कभी कभी नाम वो भी लगता है है ही नहीं, एक रूह से बड़ी कभी भी इंसान के रिश्ते नहीं हो सकते फिर भी लोग खुद का ही साथ छोड़ कर किशी आइश को अपना जीवन साथी बनाते हैं जो उनके हर एक दर्द में . ये रिश्ते ना तो समाज बना है ना ही उनकी सोच से वो कभी बदलती है, क्योंकि ये तो एक ऐसी शिद्दत है जो इंसान की मोहब्बत ही हमशा बना शक्ति है, कुछ एक सच यही लोग कुछ है कुछ किशी और की सचाई का सामना करने से, भूत कम लोग होते हैं, दुनिया में जो खुद के दर्द को डबा कर अपनी खामोशी की बातें उन चार दिवारो में कैद कर लेते हैं। उसी में एक साक्षी मैं भी हूं जिसे मोहब्बत की बातें सिरफ कहानियां में ही सुनी थी और फिल्मो में ही देखी थी, पर कभी असलियत में ईश फीलिंग को मैंने महसूश नहीं क्या था, हर एक ही फिल्म आज भी मैं एक गर्म हूं 'किश अंजान रहो' पर मिलते हैं फिर एक दसरे को देखते हैं, रात और दिन बेचानी में गुजरात बढ़ते हैं और बाद में बारी आती है मोहब्बत की, कुछ बहुत साथ निभाने के बाद फिर हम एक दसरे से अलग हो जाते हैं। जो जिंदगी की नियति कभी समाज नहीं आई

इश्ली बचपन से अगर के बुरे हलत दिख जाते तो में वह से चुप चाप बिना किशी शोर के भाग जाता, प्रति मुहे क्या पता था की बाद में मुझे यही चीज है की ही है एक साक्षी से हूं जिसके लिए मैंने वो सब किया जो हमारे रिश्तों को टूटने से बचाए, प्रति कहते हैं कि किस्मत की हवा कोई नहीं बदल सकता है, अगर आप कि कहीं कोई मोहब्बत है प्रति मेरी कहानी में तो कुछ आयशा हुआ ही नहीं है तो में ये बातें आप सब के सामने ही क्यों रहा, मैं इश्ले कह रहा हूं क्योंकि मैं मोहब्बत के हर एक दर्द और खुशियों के लिए हूं भी में पूर्णा का इंतजार कर रहा हूं, वैसा ही पूर्ण है कौन? आप सब के मान में यही सवाल होगा ना? प्रति मुझे ये भी बात पता है कि आप ईश राज से पूरी तरह वक्फ है, है ना?अगर आप सब नहीं भी है तो में तब भी अपनी कहानी आप सब को बताया बिना जाने वाला, क्योंकि वक्त भले ही काम है मेरे पास पर आरजू अभी जीने की बहुत बक्की है। में हर्ष शेखर आज जो भी बातें आप सब को बताने वाला कृपा कर के उन बातों को ध्यान से सुन, क्यों कोई और है ही नहीं जो मेरी बातें भी अब ये सुन हो जाते हैं, हमे बचपन में यही है क्यों लोग एक दसरे के साथ जुड़े हैं, क्यों लोग एक दसरे के लिए इतनी मोहब्बत दिखते हैं बिलकुल मेरे सुपरहीरो और और वंडर महिलाओं की तरह, मेरा मतलब है मेरी मां और मेरे पापा सेह, वसीह मेरे पापा का नाम राजवीर शेखर है और मेरी मा का नाम वसुंद्रा शेखर, पापा हमेशा मा को कहते हैं कि में तुमसे सिर्फ मोहब्बत ही नहीं करता है, तुम्हारा जान देता हूं, और मैं समझता हूं। पूछता तो वो इतना कहता की जो लग हमारे बिना रह नहीं सकता ये जो लोग हम से बहुत प्यार करते हैं और वक्त आने पर हमारे लिए कुछ भी कर सकते हैं वही लोग ये क्या कहते हैं, आज में थी उश वक्त। आज अपनी मौत और जिंदगी के बीच अपनी कई जिन रहा हूं वो भी उस साक्षी की वजह से हमने कभी अपना सब कुछ माना था, अपनी जिंदगी, अपनी हकीकत, अपनी और आदत में फिर से ईश कादर मुजसे रूथ कर चली जाएगी की में कभी दुबारा उससे मिल ही नहीं मिलेगा, और ना ही वो हिम्मत जुटा पाएगा फिर से अपने पास बुलाने के लिए, मेरी मौत से ये बात नहीं है की में सच में सच में भी कहा हूं? खोकला पर चूका है सरर चूका है, मेरी रूह भी मुझसे नफरत करने लगी है, उस वक्त ये सोचा था कि बहुत

में जी किसके लिए रहा हूं जब मेरी पूर्णा मेरी पास है उसकी बेवफाई से परदा उठा तो मुझे उस वक्त ये महसूश हुआ की कुछ लोग ऐसे भी होते हैं दुनिया में जो किशी की मोहब्बत भी एक आया हो सकता है वो भी एक बरबादी का। खैर ये कोई कहानी नहीं एक आया ही है मेरी उस बरबादी की जब में उससे पहली बार मिला, ठिकाने कैफे में उस दिन पहली बार उससे मुलकत हुई थी इतने में अपने सबो में जहीर कर ही नहीं सकता की वो कितनी खूबसूरत लग रही थी, उसके बाल, उसकी हर एक अदा, उसे हर एक फिरत पर उस दिन अपनी जान लुटाने का मान कर रहा था आपको किशी की बरबादी की तराफ ही लेकर जाति है, मेरी बरबादी तो उसी दिन तय हो चुकी थी जब मेरी आंखें ने उसे देखा था, अगर दुनिया दुनिया मोहब्बत किसी के जिस्म से होती है तो कोई हर में जरा गिरता, और उसे कोई रौक भी नहीं पाता,क्यों उसे मोहब्बत जो हो जाति, खैर मुझे उस दिन पता नहीं था कि वो क्या कर रही है, प्रति देखने से आयशा लग रहा था कि वो किशी का इंतजार कर रही, जब उसके सामने देखा पर खामोशी रुक शि गई थी समाज नहीं आ रहा था ठीक करू क्या? ऐसा लग रहा अगर गल्ती सेह भी ऐसी जिंदगी मेरे जग कहीं और ने पहले से ही ले ली है तो मेरे क्या होगा? इंसान की फिरत ही कुछ और पूरी करता है। में भी तो एक इंसान ही था तो में और के बारे में सोच कैसा सकता था? बश ऊपरवाले से उस वक्त हर दफा यही मांग रहा था कोई और ना है ऐसी जिंदगी में, क्योंकि जिंदा मैं उसे का प्यार कहते हैं ना सयाद वो हो चुका था, पर मैंने जो भी एहसास किया है उसकी मोहब्बत में ऐसा कुछ भी नहीं था की में उसे अपनी पहली नजर का प्यार मान लूं, क्यों तो कोई थी बात, मैंने कभी नहीं की पहली नजर में अगर किशी साक्षी से मोहब्बत होती है तो उसके आगे ही पल बरबादी क्यों, रिश्ते टूटे क्यों जाते हैं, बिना किसी के शादी, तलाक ले ले ले एक, भी मैं एक ,हमेशा तुम्हारे साथ तुम्हारे दुख सुख में साथ रहोगी, ये कौन से वादे करते हैं वो हमारी मोहब्बत में जिन्का कोई ईमान ही नहीं है हमारी जिंदगी में, मानता हूं एक साक्षी तुम्हें ठीक नहीं लगता, वो तुम्हारे लायक नहीं है तो कभी तो मत कभी नहीं है तो कभी किशी प्रति भरोसा ना कर खातिर। ठीक अगर आपने दर्द की दास्तान सुना दी तो सयाद कभी भी मैं वो पूरी बातें नहीं

कर पाउं जो उस दिन से हुई थी, मुझे पता था वो किशी का इंतजार कर रही थी, और मेरी कल्पना भी में मैं, ये सच में लग रहा था की वो किशी की मोहब्बत में है, क्योंकि मैं उस वक्त दिख रही हूं, वो तब ही दिखी है जब किसी की मोहब्बत में मैं हूं लडका उसके सामने से गुजर रहा था मेरी धड़कन और भी तेज हो रही थी, मुझे ये महसूश हो रहा था की अगर नहीं है तो वो पक्का होगा, अगर वो भी कभी नहीं होगा तो ये पक्का होगा जैसी सच्ची मुझे तब तक देखने को नहीं मिली जब तक में उस साक्षी को अपनी आंखें से देख न लेटा।

" बेचैन

था उश

इंसान

को जाने के

लिए जिसने

मेरी भारी

महफिल

को

दर्द कि

तालीम दी

है।"

में उस दिन कहता क्या था मुझे खुद भी नहीं पता था? बाश इतना जरूर कहता की जो में सोच रहा हूं बश वो ना हो, क्योंकि अगर वो हो जाता तो में उससे कभी भी उस दिन के बाद मिल नहीं पाता, बहुत वक्त पूर्ण ने इंतजार किया और बेचानी ही बिल्कू काम किया मैंने जो कल्पना थी उस वक्त वो सच में बहुत पहले ही बदल चुकी थी मेरे लिए, क्यों आज कल दुनिया में कोई भी स्कश किशी के इतना इंतजार नहीं कर, और आगा करता भी है तो मैं आप में हूं और नहीं होता उनकी जिंदगी में।

मैंने तभी उस वक्त कफी डेर इंतजार करने के बाद ये सोच लिया था कि अब यह कुछ भी नहीं हो सकता है, मैं सिर्फ अपना वक्त बरबाद कर रहा हूं, मुझे अब ये से मैंने सोचा था और उस वक्त उसी के सामने होता है, और मेरी मंजिल भी उस वक्त मुझे दिख जाता है अगर में थोड़ी देर वह और रुक जाता है, तो उस व्यक्ति के आने से पहले ही में वह से जा चुका है। किस्मत पर अफसर कर रहा था कि आखिर क्यों आयशा क्यों हुआ ऊपरवाले? एक वही मिली थी तुझे कोई और धुंड देते न बाघवां।

वैश मैंने अपने बारे में कुछ ज्यादा नहीं बताया है सयाद? इश्ली कुछ अपने बारे में भी बताना चाहता हूं, में वो साक्षी हूं जो दुनिया के हर एक दर्द खुद से दूर करके आए हैं कैसे बढ़ते हैं उनके बारे में हर किसी को बताता फिरता हूं, यहां की हमें भी में सकता हूं, नहीं समझे अभी तक, थी है में पूरी तरह से बोल ही देता हूं, में एक मनोचिकित्सक हूं पेश से, प्रति अपने मन की ही बातें जनता, पढाई तो पूरी कर ली है पर दिल की फ़िदरत ने साथ नहीं दिया, अपने घर का एकलौता हूं, और मेरी मां और पिता जी ने मुझे बड़े प्यार से कहा है, मतलब इतनी मोहब्बत दी है कि कहीं उन्हे लौटता ही ना सकू, फिर उसके बाद कुछ अच्छे दोस्त मिल गए और उनको भी इतना प्यार दिया की मुझे कभी किशी चीज की जरूरत ही नहीं।

प्रति इन सब के बाद भी एक खामोशी रहती ही थी, हर वक्त किशी न किशी का इंतजार अपनी में आंखें से कर्ता ही रहता था, में एक मनोचिकित्साक हूं तो इसका मतलब ये नहीं की में अपनी भावनाओं को नियंत्रित करता हूं। भी हूं, दिल तो मेरे पास भी है, वो इमोशन्स वो दर्द वो लम्हे सब कुछ।

प्रति ईश चीज का कभी अहसास नहीं हुआ, प्रति जिस दिन में उससे मिला उस दिन में ये सब मान ने लगा, विज्ञान में मोहब्बत हार्मून का खेल माना जाता है, वो ये कहते हैं कि मोहोबत हम कभी नहीं यहां हमारे हार्मून है जो हमें किशी दुसरे साक्षी की तरह हैं, और हम फी उनसे बातें

करते हैं, है हम उनके साथ रहना अच्छा लगता है, फिर वो इतने करीब आ जाते हैं।

जहां दिल की बात होती है न वह चार साल की पढाई भी एक चुटकी बढ़ सिंदूर की तरह लगती है, जैसी की फिल्मो के किरेदार ने कहा है, मुझे नहीं पता ये क्यों हुआ? कैसे हुआ? प्रति सब को एक दिन किशी न किशी साक्षी की जरारत होती है, आखिर कब तक साहे गा, अगर किशी की मोहब्बत भी ज्यादा हो तो मैं वो भी जहर ही बन जाती है।

वैसा ही वो दिल्ली की रहने वाली थी पर मुझे क्या पता था की उसके पास किशी से मोहब्बत करने के लिए एक सच्चा दिल ही नहीं है, और में चेन्नई का, बच्चन से सब ने पढ़ाये पर फोकस इतना बोला के लिए में भी तो अपनी किताब साथ ही लेकर जाता, ये तक किशी जश्न में भी ये कहे वो क्यों ना हो, दुनिया की नजरो में एक तरह का ये पागलपां था पर मेरी नजरों में एक मेरी नजरों में था शक्ति, प्रति मुझे क्या पता था की यही आदत मेरी बरबादी की वजह भी बन जाएगी।

प्रति इन सब के बाद भी एक खामोशी रहती ही थी, हर वक्त किशी न किशी का इंतजार अपनी में आंखें से कर्ता ही रहता था, में एक मनोचिकित्साक हूं तो इसका मतलब ये नहीं की में अपनी भावनाओं को नियंत्रित करता हूं। भी हूं, दिल तो मेरे पास भी है, वो इमोशन्स वो दर्द वो लम्हे सब कुछ।

प्रति ईश चीज का कभी अहसास नहीं हुआ, प्रति जिस दिन में उससे मिला उस दिन में ये सब मान ने लगा, विज्ञान में मोहब्बत हार्मून का खेल माना जाता है, वो ये कहते हैं कि मोहोबत हम कभी नहीं यहां हमारे हार्मून है जो हमें किशी दुसरे साक्षी की तरह हैं, और हम फी उनसे बातें करते हैं, है हम उनके साथ रहना अच्छा लगता है, फिर वो इतने करीब आ जाते हैं।

जहां दिल की बात होती है न वह चार साल की पढाई भी एक चुटकी बढ़ सिंदूर की तरह लगती है, जैसी की फिल्मो के किरेदार ने कहा है, मुझे नहीं पता ये क्यों हुआ? कैसे हुआ? प्रति सब को एक दिन किशी न

किशी साक्षी की जरारत होती है, आखिर कब तक साहे गा, अगर किशी की मोहब्बत भी ज्यादा हो तो मैं वो भी जहर ही बन जाती है।

वैसा ही वो दिल्ली की रहने वाली थी पर मुझे क्या पता था की उसके पास किशी से मोहब्बत करने के लिए एक सच्चा दिल ही नहीं है, और में चेन्नई का, बच्चन से सब ने पढ़ाये पर फोकस इतना बोला के लिए में भी तो अपनी किताब साथ ही लेकर जाता, ये तक किशी जश्न में भी ये कहे वो क्यों ना हो, दुनिया की नजरो में एक तरह का ये पागलपां था पर मेरी नजरों में एक मेरी नजरों में था शक्ति, प्रति मुझे क्या पता था की यही आदत मेरी बरबादी की वजह भी बन जाएगी।

"महरूम
कर दिया है
तुम्हारे हर
एक वादे ने
इस्से
ज़्यादा
तुमसे क्या मांगु
अपनी मोहब्बत
की खैरात में
"

इज़्तिराब

कभी किशी मेहफिल की इतनी तलब मत करना की वो तुम्हारे लिए जश्न के बदले मौत की वजह बन जाए, और अगर वो खैरात में एक बार मौत की वजह बन गई तो फी हिस्से में वो कभी जिंदगी नहीं बंटी,खैर ये तो अहसाश है एक मत्र उश ख्वाब की जिस्की कोई वजह नहीं है अगर है वो तो सैयद इसकी कोई खैरत मुझे मालूम नहीं है,शायद मुझे अगर वो चीज मालूम होती तो मेरी जिंदगी एक ख्वाब कभी नहीं बंटी अफसूस है मुझे खुद पर की में एक ऐसी जिंदगी जी रहा हूं जिसके लिए कोई वजाह है ही नहीं।

"मैंने अपने हर
लम्हे अधूरे छोडे हैं
क्यूंकी मेरी
एकलौती
कहानी ही अधूरी है......."